Ingrid Geiger

Z'viel isch au nix

Schwäbische Ungereimtheiten

Mit 5 Farbskizzen
von Dieter Schumacher

HERWIG

4. Auflage 1998
Herstellung
G + O Druck Kirchheim/Teck
ISBN 3-9801307-8-9

Für meine Eltern,
die mir die Freude am Schreiben
in die Wiege gelegt haben

Glücksmomente

D Hausdür uffschließe,
d Schuh ausziehe,
a Tass Tee trinke,
wisse: jetz bisch drhoim!

Vor em Kindergarte warte,
an Haufe Kinder rausstürme sehe,
oins fliegt dr um de Hals,
wisse: des oine isch meins!

Morgens uffwache,
entsetzt uff de Wecker gucke,
feschtstelle, daß mr verschlafe hat,
plötzlich wisse: heut isch Sonndag!

De Briefkaschte uffmache,
d Poscht raushole,
an Brief drbei finde,
wisse: uff den hasch a halbs Jahr gwartet!

A Enttäuschung erlebt han,
zum Telefonhörer greife,
a bestimmte Nummer wähle,
wisse: dr andre isch für mi da!

S gibt Leut, die saget:
"I han oifach koi Glück!",
und warded a Lebe lang
uff an Sechser im Lotto.

Was isch an Schwob?

Oiner, der mit zwanzig no koin Bausparvertrag hat
und mit fuffzig no d Miete
für a Etagewohnung zahlt -
des isch koiner.

Oiner, der sein Salat im Supermarkt kauft,
statt daß er n hinterm Haus
in seim Frühbeet selber zieht -
des isch koiner.

Oiner, der net jede Woch sei Trottwar fegt,
mitsamt dr Garasch
und dr Trepp in Keller nonter -
des isch koiner.

Oiner, der sei alte Zahbürscht wegschmeißt,
statt daß er se uffhebt
zum Butze von seine Rolladeschlitz -
des isch koiner.

Oiner, der d Mark net dreimal rumdreht,
bevor er se ausgibt,
und nachher denkt: 50 Pfennig hättet's eigentlich au do -
des isch koiner.

**Oiner, der seine Bette
im Sommer zum Auslüfte
net aus em Fenschter naushängt -
des isch koiner.**

**Was na an Schwob isch,
willsch jetz endlich wisse?
Also so genau woiß i des au net!**

"Nouvelle Cuisine" oder "Spätzle mit Soß"

Geschtern sin mr esse gwese,
d Heike und i.
Sonsch gange mr sonndags immer ins "Lamm",
da gibt's Schnitzel, die sin so groß,
daß se über de Dellerrand nonderhänget,
und Spätzle und Soß zum Nochbschtelle,
soviel de willsch.
Aber weil's dr Heike ihr Geburtsdag war,
hat's ebbes bsonders sei solle.

Also i han mi scho gwundert,
wo i die Speiskart gseh han.
Riesegroß, koi Esse under dreißig Mark,
aber net amol Geld für a Schreibmaschin -
alles isch von Hand gschriebe gwese:
dr Schrift noch war's d Oma.

D Supp hat "Essenz" ghoiße
und isch in ma Moccatässle serviert worde.
Essenz hoißt: halb so viel und doppelt so deuer.
S Floisch war au a bißle kloi und z kurz in dr Pfann,
und 'frittierte Petersilie' als Gmüs
isch au net obedingt mei Gschmack!

S war alles schön naglegt
und gleichmäßig uff em Deller verdeilt,
die große leere Stelle drzwische
hen se gschickt mit kloine Tomätle zudeckt.
Also, weniger dekorativ und drfür meh uff em Deller
wär mr scho lieber gwese.

Daß se mr nachher mein Kaffee
mit me kloine Schoklädle serviert hen,
und daß i dr Heike net selber
han in Mantel helfe müsse,
des hat mi über die Enttäuschung
au nemme wegtröschte könne.

Also oins stoht fescht:
Wenn mr uns von dera Rechnung erholt hen,
gange mr wieder ins “Lamm”!
Was an rechter Schwab isch,
der braucht seine Spätzle mit Soß
und koi “Nouvelle cuisine”
uff ma dekorative Deller!

A Kind

A Kind -
weniger Schlof,
weniger Zeit,
weniger Geld,
weniger Ruh,
weniger Freiheit,
weniger Sorglosigkeit,
weniger Unabhängigkeit,
weniger Zweisamkeit.

A Kind -
meh Lebe,
meh Freud,
meh Zärtlichkeit,
meh Zukunft,
meh Lache,
meh Sinn,
meh Liebe,
meh Glück.

Z'viel isch au nix

Früher hen unsre Mütter kocht,
was grad günstig war
oder was im Garde gwachse isch.
Heut standet mr ratlos
mit de volle Geldbeutel vor de volle Regal
und stöhned:
"I woiß gar net,
was i heut koche soll!"

Z'viel isch au nix!

Unsre Vädder hen sich Pfeil und Boge gschnitzt,
weil zum Spielsach kaufe koi Geld da war,
und hen an Haufe Spaß drbei ghet.
Unsre Kinder sitzed in Zimmer,
die aussehed wie halbe Spielzeuglädle,
und stöhned:
"I woiß gar net,
was i spiele soll!"

Z'viel isch au nix!

Unsre Urgroßmütter hen oi guts Kleid ghet,
des hen se sonndags in d Kirch azoge
und zu alle Familiefescht au.
Heut hängt dr ganze Schrank voller Kleider,
und dauernd kaufe mr no meh drzu,
und na stande mr drvor
und stöhned:
“I woiß gar net,
was i heut aziehe soll!”

Z’viel isch au nix!

Beispiel erzieht

"So an Seggel, so an saudommer!
Muß der mir jetz de letschde Parkplatz wegschnappe!
Ha, des isch doch an Bachl, an bleder!
Was hasch du grad zu deim Bruder gsagt?
Affearsch? Wo du bloß immer die Ausdrück herhasch!
Solche Schimpfwörter will i fei nemme höre,
sonsch setzt's was!
Isch des klar?"

"Heut han i zufällig dei Lehrerin droffe.
An Fümfer hasch du in dr letschde Arbeit gschriebe
und koin Dreier, hat se gsagt.
Also, wenn de mi nomol so frech alügsch ...
Hasch du a Glück, daß grad's Telefon klingelt.
Nimm mol ab!
Aber gell, wenn's dr Dieter isch -
i bin fei net da!"

Beispiel erzieht -
sagt mr!

Er fehlt mr

**Daß r beim Lese d Zeitung so zerfleddert hat,
daß r de Fernseher immer so laut gstellt hat
und dauernd drzwische gschwätzt hat,
wenn i ebbes han sehe welle,
des hat mi immer gärgert -
jetz fehlt mr s.**

**Daß r nachts so laut gschnarcht hat,
daß r morgens in aller Früh romgeischdert isch,
und daß r seine Schuh immer so nagstellt hat,
daß i schier drübergfloge bin,
des hat mi immer gärgert -
jetz fehlt mr s.**

**Daß r seine Socke überall hat romfahre lasse,
daß r d Zahpastatub net von hinde her ausdruckt hat,
und daß r nie a neue Kloroll gholt hat,
wenn r s letzschde Blatt verbraucht hat,
des hat mi immer gärgert -
jetz fehlt mr s.**

***Er* fehlt mr.
I dät so gern no a bißle mit em bruddla.**

Tischordnung

Guck mol, so han i mir d Tischordnung denkt!

Denkt? Denkt hasch da gar nix!
Sonsch hättsch d Dande Hermine
net nebe de Onkel Gustav gsetzt.
Die streitet sich doch seit zwanzig Jahr
um den halbe Quadratmeter Acker,
den dr Opa em Onkel Gustav
angeblich zviel vererbt hat.
Drbei wachst uff dem Burre sowieso nix.

Also gut. Na setz i d Hermine nebe de Otto.
Aber wo setz i na d Klara na?

Nebe de Onkel Hugo.
D Klara schwätzt doch de ganze Nachmittag
sowieso bloß über ihre Krankheite.
Und dr Onkel Hugo isch stocktaub,
dem isch des egal.
Der sagt zu allem “ja, ja”,
und ebbes anders will d Klara sowieso net höre.

Gute Idee. Und uff d andre Seit vom Onkel Hugo
setz i de Heiner.
Dem sei Fachsimpelei über Tennis
kann au koi Mensch länger als a halbe Stund ertrage,
wenn er net Boris Becker hoißt
oder taub isch wie dr Onkel Hugo.

Und d Marlene? Wo setze mr di na?
Die isch doch praktisch mit dr ganze Familie verstritte.
Aber dr Onkel Hugo hat bloß zwoi Seite,
und er isch leider dr oinzige Taube in dr Familie.
So a Pech!

Woisch was?
I schmeiß die ganze Tischkarte in de Kudderoimer.
Streite den se oineweg,
aber na bin i wenigschdens net schuld dra.
S isch manchmal scho a Kreuz
mit dere bucklige Verwandtschaft!

A gude Mudder

Wenn de a gude Mudder sei willsch,
na derfsch net vergesse,
des neue Ultra-Waschmittel z kaufe,
weil de na deine Kinder
strahlend in de Arm nimmsch,
wenn se total verdreckt hoimkomme.

Wenn de a gude Mudder sei willsch,
na musch d richdige Nudle koche,
weil ohne die Nudle
däd dei Ma nie so nachsichdig lächle,
wenn sei Jonger mittags hoimkommt
und em an Fümfer präsentiert.

Wenn de a gude Mudder sei willsch,
na musch dei Wäsch obedingt
mit dem neue Super-Weichspüler behandle,
weil de des net verantworte kannsch,
daß dei ganze Familie
von kratzige Pullover schlechte Laune kriegt.

Wenn de a gude Mudder sei willsch,
na musch deine Kinder
jeden Dag mit Vitamin-Bombo füttre,
weil deine Kinder de na wahnsinnig gernhen,
und weil's drzuna no gsund isch -
außer für ihre Zähn vielleicht.

Aber wenn de a gude Mudder bisch,
na isch des au koi Problem,
weil na woisch du schließlich,
daß de bloß d richtig Zahpaschda kaufe musch,
na sin deine Kinder ganz verrückt uff's Zähnbutze
und könned Bombo esse, soviel se bloß welled.

Wenn de a gude Mudder sei willsch,
na derfsch aber uff koin Fall vergesse,
jeden Abend s Werbefernseh azgucka.
Woher sollsch denn sonsch wisse,
wie de a gude Mudder wirsch!

Kindheit

Aus dr Schul komme
uff dr Trepp scho schnuppre,
was es zum Esse gibt,
froh sei, wenn's koi Spinat isch -
Kindheit

Am Nachbarhaus läute,
de beschte Freund abhole,
im Wald a Lägerle baue,
für oin Dag Robinson Crusoe sei -
Kindheit

Nachts im Bett lesa
mit dr Daschelamp unter dr Bettdeck,
ganz heimlich,
damit s dr Babba net merkt -
Kindheit

Krank im Bett liege,
wisse, daß mr net in d Schul muß,
warm eipackt sei bis zum Hals
und a Gschicht vorglese kriege -
Kindheit

Im Sommer ins Freibad radle,
de ganze Dag in dr Sonne liege
und sich vorstelle,
daß dr Sommer nie uffhört -
Kindheit

**Im Winder de Schlitte raushole,
uff em Bauch de Buckel nondersause
und erscht hoimgange,
wenn d Nas ganz rot gfore isch -
Kindheit**

**So isch's uff alle Fäll amol gwese -
i hoff, s isch au heut oft no so!**

A Wort zviel und a Wort zwenig

Oft schwätz i a Wort zviel.
Manchmal isch's bloß onödig,
aber manchmal dud's au oim weh,
des isch na schlimm.

Aber i glaub,
oft sag i au a Wort zwenig,
und des isch schad,
denn s däd d Welt a bißle freundlicher mache.

I könnt zum Beispiel zu meiner Mudder sage:
"Wie geht drs heut?"

Und i könnt zum Poschtbote sage:
"Vielen Dank fürs Bringe!"

I könnt au zu meim Ma sage:
"I bin froh, daß es dich gibt!"

Zu meim Kollege könnt i sage:
"Des hasch gut gmacht!"

Und i könnt zu meim Nachbar sage:
"Entschuldigung, s war net so gmoint!"

Schweige isch bloß manchmal Gold -
net immer!

Beim Dokter

**Wenn de beim Dokter warsch,
na kennsch nachher d Krankheite
von alle Leit, die im Wartezimmer gsesse sin.
Ob de willsch oder et.
S hört aber jeder bloß sich selber zu.
Die andre wartet, bis der Luft hole muß,
und na fanget se selber a,
ihr Leidensgschicht zum Verzähle.**

**Beim Tierarzt han i geschtern lang warde müsse,
aber des hat mr garnix ausgmacht.
Da isch's immer richtig nett,
fascht wie bei unserm Kaffeeklatsch
jeden zwoite Mittwoch im Monat.
Bloß d Stühl sin a bißle hart!
Da hasch's Gfühl, daß es d Leit wirklich intressiert,
warum dei Struppi seit drei Dag nix meh fresse will.**

**Aber beim Zahnarzt, da isch's ganz anders.
Da stiert jeder in sei Zeitung nei
und dud so, als ob em des gar nix ausmacht,
aber du woisch ganz genau,
daß der au gern de andre de Vortritt lasse däd.
Oder hat dir da scho mal oiner verzählt,
ob er wege seine echte
oder seine falsche Zähn da isch?
Siehsch!**

Mei klois Paradies

Vom Okraut zupfe kriegsch Kreuzweh
und vom Hacke Schwiele an de Händ.

D Schnecke fressed dein Kopfsalat
und d Mäus deine Tulpezwiebel.

An Haufe Armschmalz koschded's
und a Menge Schweiß.

Und na kommt an Hagel
und alles war umasonschd.

Und oineweg!

Wachse sehe, was mr pflanzt hat,
ernte, was mr gsät hat,
und na am Sonndag
ganz faul im Schatte liege
und de Blick
stolz über deine Blumerabatte
und dei Gmüsbeet streife lasse.

Da woisch na,
wie sich dr liebe Gott gfühlt han muß,
damals am 7. Schöpfungsdag!

Grabrede

Bisch scho mal uff ra Beerdigung gwese?
Isch dr da au was uffgfalle?
Ha, zum Beispiel, daß se immer bloß Heilige begrabe.
Wie i des moin?
Des kann i dir erkläre!

D Klara zum Beispiel.
Uff dera ihrer Beerdigung
hat dr Pfarrer gsagt,
se häb immer bloß an andre denkt.
Also so ka mr's au sage,
wenn oiner sich in alles eimischt!

Und beim Anton,
da hat sei Kegelbruder a Red ghalte
und hat vom "treusorgenden Familienvater" gsproche.
S oinzige, für was der bei Lebzeite gsorgt hat,
war, daß seine Kinder ab und zu
a paar hinter d Löffel kriegt hen!

Und von dr Maria hen se verzählt,
se häb ihr letschts Hemd für andre hergeba.
Also, des kannsch allerdings wörtlich nemma,
ihr guts Hemed, des hat se selber bhalte,
was die hergeba hat,
des war wirklich bloß s Allerletschte!

Verschtosch jetz, was i moin?
S isch bloß schad,
daß mr des alles erscht zhöre kriegt,
wenn mr scho dod isch!

Urlaub

**S isch scho an Stress
bis mr endlich fort isch.
Alles soll gwasche und bügelt sei
bis uff's letschde Underhösle,
d Koffer packt und s Haus butzt -
was soll denn sonsch d Frau Scheufele denke,
wenn se zum Blumegieße rumkommt!**

**Dr Ma macht a Gsicht wie drei Dag Regewetter,
wo r die viele Koffer im Flur stande sieht.
Mr könnt grad moine,
des sei alles bloß unser Sach,
und von ihm wär nix drbei
als wie bloß sei Zahbürscht.
Von wege!**

**Endlich isch alles fertig:
d Zeidung isch umbschdeld,
dr Dackel zur Oma bracht
und dr Briefkaschdeschlüssel zur Frau Scheufele,
s Auto isch packt,
d Hausdür abgschlosse -
s kann losgange!**

Mr sin no net amol in München,
da standet mr scho im Stau.
Nix goht meh,
vorne net und hinde net - uff vierzig Kilometer.
S Auto isch hoiß wie an Backofe,
d Kinder sin oleidig und hauet sich -
warum müsset au alle Leut
am gleiche Dag losfahre wie mir?

Endlich sin mr da!
S Zimmer goht auf d Baustell naus,
dr Abfluß in dr Dusche funktioniert net,
und wenn de net morgens um siebene
mit deim Handduch zum Strand nonderrennsch
und en Liegestuhl belegsch,
na liegsch "Ölsardine Reihe 5" -
aber sonsch isch's schön!

Nebe dr plärrt dr Heino aus em Radio,
hinter dr d Kinder vom Zimmer nebedra,
dei Bua will scho wieder a Geld für a Eis,
und irgendoiner schmeißt dr Sand
uff dein frisch eigölde Buckel.
Aber s Wasser isch herrlich -
außer manchmal, wenn's Alge hat,
da gohsch na freiwillig net nei.

Du machsch deine Auge zu
und dräumsch de weg.
Liegsch drhoim uff deim Balkon
und s isch a himmlische Ruh,
weil alle im Urlaub sin.
Abends gosch in d "Krone",
da gibt's Mauldasche mit Kardoffelsalat
und net alleweil Pizza und Spaghetti.
Und wo de abends in deim Bett liegsch, woisch,
was dr die ganze Zeit am meischde gfehlt hat.

S isch scho verrückt,
was mr alles uff sich nemme muß,
bloß damit mr wieder woiß,
wie schön mr's drhoim hat.

Arm und reich

Wenn de gnug Geld hasch,
na kannsch dr fascht alles kaufe.

A neus Kleid zum Beispiel,
aber net d Freud dra.

Oder a Urlaubsreise,
aber net de Sonneschein drzu.

Au a gude Stellung,
aber net de Erfolg.

Vielleicht au Verbündete,
aber net ihr Freundschaft.

Manchmal sogar Mensche,
aber net ihr Zuneigung.

Des, auf was es akommt im Lebe,
kannsch bloß gschenkt kriege.
Deshalb isch's gar net immer so klar,
wer jetz reich isch und wer arm.

Erinnerunge

Neulich bin i in a Lederwaregschäft gange.
und plötzlich war i dreißig Jahr zrück!
S war Erster Schultag
und alles war aufregend und neu.
Genauso hat's damals gschmeckt!
Heut sin d Ranze viel leichter
und bunter und schöner,
aber se schmecket nemme so!

Heut han i a Kerz ausblase,
und plötzlich war i dreißig Jahr zrück!
S war Weihnachtszeit,
und alles war feierlich und geheimnisvoll.
Genauso hat's damals gschmeckt!
Heut gibt's elektrische Kerze,
die sin viel praktischer
und lang net so gfährlich,
aber se schmecket nemme so!

Erinnerunge findesch net bloß im Fotoalbum,
die findesch überall,
wenn de da richtige Riecher hasch!

I werd Opa

Bald werd i Opa!

**Eigentlich hat's an Bua werde solle.
Mei Dochder hat bloß no bestimmte Sache gesse,
und wenn mr des macht - vorher versteht sich -
na gibt des ganz bestimmt an Bua.
Aber irgendebbes hen se wohl falsch gmacht.**

**Weil dr Dokder hat gsagt,
s gibt a Mädle,
und der muß es ja wisse.
Des ka mr nämlich heut scho vorher sea,
mit Schallwelle - oder wie des hoißt.**

**Also früher war des irgendwie spannender.
Bei uns sin zwar fümf Mädle rauskomme
- wahrscheinlich hat mei Emma s Falsche gesse -
aber bei jedem Kind isch d Spannung gwachse,
ob's diesmol endlich an Bua worde isch.**

**Anna-Magdalena soll des Kind hoiße.
Also mir hättet uns ja nie draut,
ma Kind so an altmodische Name zgeba.
Aber mei Dochder hat mr erklärt,
daß grad so alde Name jetz wieder modern sin.**

Des isch grad wie bei de Klamodde.
Wenn de bloß lang gnug wardesch,
wird's äldeschde Klump wieder modern.
Bloß daß de dein Name net ausziage kannsch,
wenn er nemme zeitgemäß isch.

Mir dädet des Kind ja gern nemme,
wenn die junge Leut in Urlaub fahre wellet,
aber mei Schwiegersohn hat gsagt:
Des kommt gar net in Frag,
des Kind kommt mit!

Die erschde zwoi Jahr
fahred se in a Kinderhotel.
Und na, wenn des Kind drei isch,
machet se Winterurlaub in St.Moritz.
Da gibt's a spitze Zwerge-Schi-Schul.

Weil Schilaufe muß a Kind heut könne,
bevor's in d Schul kommt.
Und an Haufe andre Sache au.
Im Babyschwimmkurs isch's scho agmeldet,
und im Kindergarde nadürlich au.

D Musikschul hen se sich no offeghalde,
weil se no net genau wisse,
ob des Kind jetz Klavier
oder doch lieber Geig lerne soll.
Vielleicht wär au Trompet net schlecht.

Aber daß es Tennisstunde kriegt,
des stoht uff alle Fäll fescht,
und zwar so bald wie möglich,
weil sonsch kann aus dem Kind
ja nie a Steffi Graf werde.

Also Eldern sei
isch heut koi oifache Sach meh -
an was de da alles denke musch!
I glaub, i woiß jetz au,
warum so viele Leut
heut bloß no oi Kind hen.

Ganz normal

**Mr steht morgens auf
und macht sei Arbeit.
Außer ma Schnupfe ab und zu
und ma bißle Kopfweh,
wenn's Wetter wechselt,
fehlt oim nie ebbes -
des isch ganz normal.**

**Mr isch seit zwanzig Jahr verheiratet.
Mr sitzt zsamme am Disch,
mr liegt nebnenander im Bett,
mr hat oin zum Schwätze
und Lache und Heule,
mr isch net alloi -
des isch ganz normal.**

**D Kinder ganget morgens aus em Haus
und kommet mittags wieder hoim.
Se machet Krach und Arbeit
und no viel meh Freud.
Se bringet Freund mit
und Lebe ins Haus -
des isch ganz normal.**

**Des isch so normal,
daß mr oft vergißt,
sich dra z freue.**

**Des isch so lang normal,
bis es mal nemme so isch -
na isch's zum Freue z spät!**

Nix zum Aziege

Was hoißt da, du hasch nix zum Aziege?
Dr ganze Schrank hängt doch voll!

Net feschtlich gnug? Und was isch des?
Des hasch doch sogar an dr Mama ihrem Achzigschde aghet.

Wie - äbe!
I han doch au zu jedem Fescht
de gleiche dunkle Azug a.

Wieso isch des ebbes ganz anders?
Wenn koiner sieht,
ob der alt oder neu isch,
na möcht i amol wisse,
warum du mein Azug alle zwoi Jahr
in d Kleidersammlung gibsch,
obwohl er no pfenniggut isch,
bloß weil er ageblich nemme modern isch.
Und was isch mit dem rote Kleid?

Z lang?
Des hasch doch an Weihnachde no aghet.
Bisch seither eigschrumpft oder was?

So lange Sache trägt mr nemme?
Na schneid's halt ab!

**Was hoißt da,
na stimmt d Fasson nemme?
I glaub viel eher,
daß dei Fasson nemme stimmt!
Liebe Zeit, warum heulsch denn jetz?**

**Wieso mag i di nemme?
A Späßle wird mr doch no mache dürfe!
Jetz sei doch net glei eigschnappt!
Woisch was? Morge gange mr zsamme in d Stadt
und kaufet dr was Schöns zum Aziege.
Siehsch, jetz kannsch wieder lache!**

Mudderdag

Geschtern war Mudderdag!

Mei Dorle hat des Gedicht uffgsagt,
des se in dr Schul glernt hat,
und hat's in Schönschrift abgschriebe -
sie hat au an Oinser drfür kriegt.

Mei Ma hat seiner Mudder
an Blumestrauß ins Altersheim gschickt,
mit Fleurop - wie jedes Jahr -
beim Gärtner wisset se scho Bescheid.

Und für mei Mudder
hen mr wieder a große Pralineschachtel kauft
und se sogar selber vorbeibracht -
se wohnt ja glei ums Eck.

Wie sich's halt so ghört am Mudderdag.
Und was glaubsch?
Heut treff i d Petra, und die verzählt:
koi Gedichtle, koi Bliemle, koi nix!
Arms Luder, han i denkt.
Und woisch, was die zu mir sagt?

**“Letschte Woch hat mr mei Jüngschter
a Bildle gmolt - ganz von alloi.
Und mei Dochter hat mr a Löwezahnsträußle brocht,
des hat se uff em Schulweg pflückt.
Und mei Älteschter hat me in Arm gnomme,
weil i sei Lieblingsesse kocht han.”**

**Ja soll des vielleicht Mudderdag sei?
Also wenn de mi frogsch:
Die will bloß net zugebe,
wie se sich schabt,
daß koiner dra denkt hat,
daß Mudderdag isch!**

Schlechts Gedächtnis

Geschtern han i in dr Zeitung glese,
daß in Afrika d Mensche verhungre.
“Gott sei Dank”, han i denkt,
“daß i gnug zum Esse han!”
Aber wo i a Stund später
mit mein volle Eikaufswage
gschlagene zwanzig Minute an dr Kass gstande bin,
da han i mi vielleicht uffgregt!

Heut morge han i beim Dokter
a behinderts Kind gseh.
“Gott sei Dank”, han i denkt,
“daß i gsunde Kinder han!”
Aber wo mei Jonger heut mittag
an Fünfer im Diktat hoimbracht hat,
da han i mi vielleicht uffgregt!

In de Nachrichte isch komme,
daß se in Irland immer no schießet.
“Gott sei Dank”, han i denkt,
“daß bei uns Friede isch!”
Aber wo mei Nachbar in dr Mittagspaus
sein Rase gmäht hat,
da han i mi vielleicht uffgregt!

Heut nachmittag han i in dr Fußgängerzone
an Obdachlose uff dr Bank sitze sehe.
“Gott sei Dank”, han i denkt,
“daß i a Dach überm Kopf han!”
Aber wo i na den Brief kriegt han,
daß d Miete um zwanzig Mark erhöht wird,
da han i mi vielleicht uffgregt!

S isch scho schlimm,
daß mr so a schlechts Gedächtnis hat!

Und mir?

Maiers hen sich scho wieder a neus Audo kauft,
drbei war's alde grad zwoi Johr alt.
Und mir?
Mir fahred immer no mit unserm kloine Rutscherle rom
des hat jetz zehn Jahr uff em Buckel
und roschded und kleppert.

Und Schumachers hen sich a Villa baut,
mit Sauna und Swimmingpool im Garde.
Und mir?
Mir wohned immer no in unserm Reihehäusle,
mit ma kloina Gärtle hindenaus
und drei Quadratmeter Balkon.

Und Webers hen a Feriehaus uff Kreta
mit großer Terrass und Blick uffs Meer.
Und mir?
Mir fahred scho s fümfde Jahr
in d gleiche Pension im Bayrische Wald,
sche oifach und preiswert.

Was hoißt da,
ob die andre deshalb glücklicher sin als mir?
Um des goht's doch garnet!

Ganz im Vertraue

**Hasch scho ghört,
daß dr Rolf nebenausgoht?
Ha, wenn i dr's sag!
D Hilde hat mr's verzählt,
unterm Siegel dr Verschwiegeheit.
D Dochter von dr Hilde ihrem agheiratete Bäsle
schafft bei dr gleiche Firma wie dr Rolf.
Daher woiß s es.
Aber gell, i sag dr des ganz im Vertraue!
Ha, was schwätz i denn?
I woiß ja schließlich,
wem i s verzähl.
Des isch doch bei dir
grad so gut uffghobe
wie bei mir!**

Dr Hans

**A Kart mit me schwarze Rand -
dr Hans.**

**Im Sandkaschte hen mr zsamme gspielt,
Blutsbrüderschaft hen mr gschlosse,
die beschte Freund sin mr gwese -
dr Hans und i.**

**Mr wäret's heut no -
wär da net die Sach mit dr Suse gwese.
Daß se ihn gnomme hat und net mi -
des han i em Hans nie vergesse.**

**Er hat no a paarmal agrufe,
und eiglade hat er mi au,
aber weil i nie nagange bin,
hat er's irgendwann seilasse.**

**Vor vier Woche han i zufällig d Suse droffe -
i han se schier nemme kennt.
Fascht bin i froh gwese,
daß se de Hans gnomme hat und net mi.**

**Was dreißig Jahr aus me Mensche machet!
Sie hat mr verzählt,
daß dr Hans so krank wär
und oft nach mr gfragt hätt.**

Er dät den alte Streit
so gern begrabe,
bevor er sterbe müßt,
hat se gsagt.

Und i? I han mr's scho überlegt,
jetzt, nach so viel Jahr,
und wo dr Hans doch so krank isch -
aber i han eifach zviel um d Ohre ghet.

Und jetzt isch's z spät!
Aber uff d Beerdigung gang i,
mag da komme, was will,
so viel Zeit muß sei!
Soll koiner sage,
i wär nachtragend -
scho gar net dr Hans!

Dr Lisbeth ihr Lade

Dr Lisbeth ihren Lade hat's scho gebe,
da war mei Mudder no a Kind.
Damals hat r no dr Lisbeth ihrem Vadder ghört,
der isch inzwische gstorbe.

Da hasch alles kaufe könne,
von dr Schuhwichs bis zum Eimachgummi.
Und wenn dr mal d Milch ausgange isch,
na hasch au no abends läute könne.

Dr Lade isch genau uff meim Schulweg glege,
da han i mir fascht jeden Dag ebbes kauft,
meischdens Brausestange - s Stück für an Pfennig -
und manchmal hat's sogar oine umsonscht gebe.

Späder sin na die Supermärkt komme,
wie Pilz sin se aus em Bode gschosse,
drei Stück in oim Jahr,
oiner größer und schöner wie dr andre.

Die alde Leud sin immer no zur Lisbeth gange,
zum oine, weil se koi Audo ghet hen,
aber au, weil se da koiner drängelt hat,
und weil d Lisbeth immer no a bißle gschwätzt hat.

Aber die jüngere Leut sin in Supermarkt gfahre,
weil da d Auswahl größer und alles billiger war.
Die hen bloß no bei dr Lisbeth kauft,
wenn se im Supermarkt ebbes vergesse hen.

Dr Lisbeth ihr Lade isch immer schlechter gange.
Erscht hat se d Wolle und d Strümpf uffgebe,
und nach und nach immer meh.
Da sin d Kunde erscht recht wegbliebe.

Von dem, was die alde Leud braucht hen,
und von me vergessene Stückle Butter
hat d Lisbeth auf Dauer net lebe könne.
Und auf amol war dr Lade zu.

Da hädsch mal des Gschrei von de Leud höre solle!
Und am allerlaudeschde hen die gschrie,
die scho lang nemme bei dr Lisbeth kauft hen.

Unsre Männer

Wenn oiner am Sonndag
in seinr äldeschde Jeans in d Kirch gange will -
na isch des dei Ma.

Wenn oiner zum Kellerräume
sei neue helle Sommerhos azieht -
na isch des dei Ma.

Wenn oiner sein verschlissene Lieblingspulli
aus em Sack für d Kleidersammlung rausholt -
na isch des dei Ma.

Wenn oiner an dr Terrassedür hobelt
fünf Minude bevor dr Bsuch zum Kaffee kommt -
na isch des dei Ma.

Wenn oiner immer grad des Hemd braucht,
des als oinzigs no net bügelt isch -
na isch des dei Ma.

Wenn oiner oifach net verstande ka,
was Fraue am Eikaufe so sche finde -
na isch des dei Ma.

Wenn oiner sagt, Fraue dädet gern ratsche,
und schwätzt na selber zwoi Stund mit em Nochbr -
na isch des dei Ma.

Des Lebe wär fei ganz sche langweilig,
wenn mr unsre Männer net hätte!

Von wem's des bloß hat?

**Wie hübsch se isch,
sagt d Mudder,
genau wie i.**

**Die Musikalität,
sagt d Oma,
die hat se von mir.**

**Fleißig isch des Kind,
sagt dr Vadder,
des kommt ganz nach mir.**

**Wenn s aber wüscht isch
oder dumm
oder faul,
na saget alle:
Von wem's des bloß hat?
Na will's koiner gewese sei!**

s Telefon

S isch scho a tolle Erfindung - des Telefon!

**Aber manchmal denk i,
ohne wär's au net schlecht!**

**Da hasch Gäscht eiglade zu deim Geburtsdag,
willsch in aller Ruh mit ne schwätze,
und all Naslang musch drvospringe,
weil s Telefon klingelt.
Da wär a Glückwunschkärtle au koi schlechte Sach!**

**Oder hasch scho mal an ma Schalter gwartet,
vor dir acht Leit und hinter dr fümf,
und alle standet brav in der Schlang
und wartet bis se dra sin.
Und na ruft oiner a - der muß net warte!**

**Oder dätsch du dich störe lasse,
wenn de uff ma gewisse Örtle
wichtige Gschäfte verrichtesch? Gwieß net!
Aber wenn na s Telefon klingelt,
klemmsch alles ab und rennsch hie!**

**Mr leset heut no em Goethe seine Brief,
und net bloß seine!
Mei Mudder wär vielleicht verzweifelt,
wenn se im Krieg die Brief von meim Vadder
net immer wieder hätt lese könne.**

Aber was hindert uns eigentlich dra,
an Brief z schreibe,
au wenn mr a Telefon hen?
Du moinsch, mir könnet des nimme?
Des käm auf en Versuch an!

Alloisei

Wenn dauernd oiner nach dr schreit:
"Mama, hasch du mein Farbkaste gsehe ?"
"Kannsch mi mol gschwind zum Uwe fahre?"
"Hasch scho mei Hos aus dr Reinigung gholt?"
daß de net mal im Bad dei Ruh hasch,
na sin a paar Stund Alloisei herrlich.

Wenn aber dei Ma gstorbe isch
und au deine beschde Freundinne nemme lebed,
wenn deine Kinder kaum no arufe
und au deine Enkel bloß no vorbeikomme,
wenn se Geld von dr brauche,
na isch Alloisei schlimm.

Richtig alloi bisch erscht,
wenn de für koin Mensche meh
dr wichtigste Mensch uff dr Welt bisch.

Im Zeiche dr Gleichberechtigung

Woisch du, was heut für an Dag isch?
Ja, Himmelfahrt isch au,
aber was no?
Vadderdag, Vadderdag isch heut.
Aber des interessiert ja koin Mensche!

De Mudderdag kannsch gar net vergesse,
der stoht groß im Kalender,
und d Reklame von de Blumegschäft
und de Pralinehersteller
kannsch au net übersehe.
Aber vom Vadderdag
da schwätzt koi Mensch!

Drbei find i,
so a bißle Anerkennung
hätte mr scho au verdient!
Kinder könne mr zwar immer no net kriege,
und au mit em Stille
klappt's no net so recht -
aber die Probleme löse mr bestimmt au no
im Zeiche dr Gleichberechtigung.

Sonsch stande mr unsre Fraue
bei dr Kindererziehung aber in nix nach.
Mr sin im Säuglingskurs drbei
und meischdens sogar bei dr Geburt.
Mr butzed Kinderärschle
und schlepped Windelpaket hoim.
Mr lesed Gudnacht-Gschichte vor
und ganged zum Eldernabend.

Sogar Erziehungsurlaub stoht uns zu -
bloß koi rechter Vadderdag
mit Frühstück im Bett
und Praline und ma Gedichtle.
Oder hasch du scho mal was
von ma Vadderdagsgedicht ghört?
Und sowas nennt sich Gleichberechtigung!

Aber wenn mr uns na in unserm Frust
mit a paar Leidensgenosse zsammedo,
a bißle in d Natur nausfahre,
lustig sin und unser Enttäuschung
mit ma Fläschle Bier nonderspüle,
na hoißt's glei wieder:
Typisch Männer - koi bißle Familiesinn!
Jetz frag i di:
Wer isch denn da eigentlich des unterdrückte Gschlecht?

Mode

**Mode isch,
wenn Fraue Miniröck trage,
au wenn se Oberschenkel wie Gwichtheber hen.**

**Mode isch,
wenn Wohlstandskinder
Jeans mit Riß drin kaufe.**

**Mode isch,
wenn junge Leut
freiwillig Gsundheitssandale aziage.**

**Mode isch,
wenn mr für an Pulli mit em Firmaname vorne druff
an Haufe Geld meh zahlt als für oin ohne.**

**Mode isch,
wenn mr fascht neue Kleider herschenkt,
weil dr Mini scho wieder 'out' isch.**

**Mode isch,
wenn mr lange Schlabberröck azieht,
die mr uff Fotos von dr Oma saukomisch gfunde hat.**

**Mode isch,
wenn mr sich von andre Leut sage läßt,
wie mr romlaufe soll.**

Mode isch ... sag selber!

Net geschdern und net morge

Alde Leut schwätzed viel von früher.
Die saget oft:
“Woisch no damals?”

Junge Leut schwätzed viel von später.
Die saged oft:
“Morge muß i obedingt...”

Kinder schwätzed meischdens bloß von jetzt.
Oft saget se gar nix
und vergesset eifach d Zeit.

Ob d Leut des moined,
wenn se von ihrer Kindheit schwätzed,
als ob se ebbes Koschtbars verlore hättet?

Weil: Glücklich sei kannsch eigentlich bloß heut,
net geschdern
und net morge!

Glück und Oglück

D Leut lesed,
daß oine an Millionär gheiratet hat,
daß jemand im Lotto gwonne hat,
und daß an andrer a Erbschaft gmacht hat.
Und sie fraget:
Warum bassiert so ebbes immer bloß andre Leut?

D Leut lesed au,
daß a Flugzeug abgstürzt isch,
daß es a Erdbebe gebe hat,
und daß oiner überfalle worde isch.
Aber na fraget se net:
Warum bassiert so ebbes immer bloß andre Leut?

Na sin se ganz still.

Guten Appetit!

Esse isch an Genuß,
solang mr net woiß,
was alles drin isch!

Fleisch han i eigentlich immer gern gesse,
so lang, bis i ghört han,
was de da ogfragt alles mit isch:
Beta-Blocker im Schweinefleisch,
Hormone im Kalbfleisch,
Strontium beim Wild,
Salmonelle im Gflügel,
und jetz au no de Wahnsinn im Rindfleisch -
da isch mr dr Appetit uff Fleisch vergange!

'Wirsch halt Vegetarier' han i denkt,
so lang, bis i glese han,
daß des ganze ausländische Grünzeug
zum Haltbarmache mit Kobalt bestrahlt wird.
Aber au bei ma echt schwäbische Bräschtling
kriegsch mindeschdens fünf Pestizide gratis,
dr Kohlrabi hat meh Schwermetalle als Vitamine,
und dr Kopfsalat stellt mit seim Nitratgehalt alles in
Schatte -
da isch mr na dr Appetit uff Gmüs au vergange!

In meiner Verzweiflung bin i na uff Süßspeise umgstieg
so lang, bis i mir die Verpackunge
von dene Pudding und Joghurt genauer aguckt han.
'E 102 und E 107' isch hinde druff gstande
und no a paar künstliche Farbstoff meh,
Konservierungsstoffe und Stabilisatore,
Bindemittel und Aromastoffe -
da isch mr na dr Appetit uff Süßes au vergange!

'Jetz gibt's bloß no oins',
han i denkt,
'verhungre oder radikal umdenke!'

Zum Verhungre fehlt mr d Konsequenz
und zum Öko-Baure s Talent.
Aber i han trotzdem a Lösung gfunde.

I eß oifach, was mr schmeckt.
Von allem ebbes,
damit die Schadstoffe gut ausgwoge sin.
Statt dem Zeitungsbericht über faule Eier in de Nudle
les i d Rezeptvorschläg in dr "Für Sie",
und statt dem Fernsehbericht über Fadewürmer im Fisc
guck i mir "Esse wie Gott in Deutschland" a.

Seither fühl i mi sauwohl,
und s Esse schmeckt mr wieder.
Und überhaupt:
Wenn s Ogeziefer inzwische gege Insektizide
resistent worde isch,
warum soll des bei uns Mensche net au funktioniere?
Bloß wege ma bißle Gift im Esse
muß mr doch net glei so an Aufstand mache!

Klassetreffe

A Eiladung zum Klassetreffe!
Ob i da überhaupt nagange soll?
Seit zwanzig Jahr verbindet uns nix meh -
aber neugierig isch mr halt doch!

An kritischer Blick in de Spiegel.
Zum Friseur sod i vielleicht no gange!
Na ja, a paar Falte und graue Haar
hen die andre sicher au inzwische kriegt.

A bißle Herzklopfa han i scho,
als i die Dür zum Nebezimmer uffmach.
Wenn i jetz nemme alle erkenn - oder die mi,
des wär fei scho peinlich!

D Margit kenn i glei,
die hat scho in dr Schul so a große Gosch ghett,
daß mr se aus alle rausghört hat.
So ebbes verwächst sich net.

Aber wer isch die mit de blonde Locke?
Sag bloß, des isch d Sylvia!
Die, die mit ihrem Augeaufschlag alle Lehrer becirct ha
Da däd se sich heut schwer do!

Und die da grad Bilder romzeigt von ihre Kinder,
oins wüschter wie's andere, wenn de mi frogsch,
des ka bloß d Ute sei,
die hat damals glei heirate müsse.

Aber daß d Lore no oin abkriegt hat,
des wundert mi ja,
so wie die scho damals ausgsehe hat -
na ja, dr Schönschte isch er au net grad.

Sie hat en glei mitbrocht,
damit's au jeder glaubt.
Armer Deufel, der kommt sich total überflüssig vor,
isch er ja au - gnaugnomme.

S gibt bloß zwoi Theme an dem Abend:
"Woisch no, damals" hoißt's oine,
und "d Kinder" s andre.
Als ob's nix anders z Schwätze gäb nach zwanzig Jahr!

Aber oi Guts hat so an Abend.
Da gosch hoim und denksch:
Bin i froh,
daß i net so bin wie die andre!

s Wetter

Wenn's Wetter net wär,
wie's isch,
was däded mr denn na schwätze
mit all dene Leut,
mit dene s eigentlich net viel z schwätze gibt.

Wenn's Wetter net wär,
wie's isch,
uff wen däded mr na bloß schimpfe,
wenn mr schlecht gschlofe
oder s Gliederreiße hen.

Wenn's Wetter net wär,
wie's isch,
na könnded mr uns net freue,
wenn nach em Winter s Frühjahr kommt
und nach ra Regeperiode an Sonnedag.

I glaub,
d Leut wissed gar net,
was ne fehle däd,
wenn's Wetter net wär,
wie's isch.

Gschenke

Gschenke sin witzlos,
weil dr Beschenkde oft gar koi Freud dra hat.

Gschenke sin läschdig,
weil mr sich de Kopf zerbreche muß.

Gschenke sin onödig,
weil die meischde Leut scho alles hen.

Gschenke sin deuer,
weil heut alles an Haufe Geld koschded.

S gibt aber au Gschenke,
für die gilt des alles net!

Du könndesch zum Beispiel
deim Busfahrer an Gruß schenke,
weil er dich jeden Morge
pünktlich an dein Arbeitsplatz bringt.

Du könndesch zum Beispiel
dr Verkäuferin a Lächle schenke,
weil se dich au abends um sechse
no freundlich bedient.

Du könndesch zum Beispiel
deiner Frau a bißle Anerkennung schenke,
weil se a Stund in dr Küche gschdande isch
und ebbes Guds für dich kocht hat.

Du könndesch zum Beispiel
deim Sohn a Stund Zeit schenke,
nachdem er de ganze Nochmiddag gwartet hat,
bis du endlich aus em Büro kommsch.

Eigentlich isch's ganz oifach!

Kinder, Kinder

Se lasset uns nachts net schlofe -
erscht, weil se zu omögliche Zeite schreie,
später, weil se no net drhoim sin.

Se machet uns oruhig -
erscht, weil's in ihrem Zimmer verdächtig still isch,
später, weil von dr laute Musik d Wänd wackled.

Se reget uns uff -
erscht, weil se uns in aller Herrgottsfrüh wecket,
später, weil se bis mittags im Bett lieget.

Se koschded uns Nerve -
erscht, weil se sich net freiwillig wasche wellet,
später, weil mr se aus em Bad nemme nauskriegt.

Se bringet uns zur Verzweiflung -
erscht, weil se uns zviel frage,
später, weil se uns nemme frage.

Aber, wie hat mei Großmutter immer gsagt?
"Nicht ärgern, nur wundern."
(Wie mr hört, war des koi Schwäbin,
aber trotzdem a gscheite Frau.)

Recht hat se ghet.
Und wenn's amol ganz dick kommt,
na muß mr eifach schadefroh denke:
"Wart no, ihr krieget au mol Kinder."

Selbstverwirklichung

Du woisch net, was Selbstverwirklichung isch?
Paß auf, i erklär dr s!

Wenn d Frau Bauarbeiter
beim Edeka an dr Kass s Haushaltsgeld aufbessert,
des isch koine.
Aber wenn d Frau Generaldirektor
uff dr Königstraß a "Boutique" eröffnet,
na hat se sich selbscht verwirklicht.

Wenn du für dein Ma an Pullover stricksch,
des isch koine.
Aber wenn de abends in Töpferkurs rennsch
und Häfele aus Ton machsch, die koiner braucht,
na hasch dich selbscht verwirklicht.

Ob sich dei Mutter selbschtverwirklicht hat,
weil se im Krieg alloi vier Kinder großzoge hat?

Mr merkt, daß du nix verstande hasch!
Damals hat's doch no gar koi Selbstverwirklichung gebe!
Oder glaubsch du, damals hätt mr für so ebbes Zeit ghet?

D Nachbre aus dr "Lindestraß"

Steffi, deck am Couchdisch,
glei fängt d "Lindestraß" a.

Ja, wer läutet denn ausgerechnet jetzt?
Hat dr Papa sein Schlüssel vergesse?

Wer? D Frau Nägele?
Ja, was will die denn scho wieder?

Abend Frau Nägele!
Ja, was hen Se denn?
Warum heulet Se denn?
Was, Ihr Bruder isch gschtorbe?
Sie, des dud mr aber leid!
Jetz kommet Se no rei
und sitzed Se a bißle na!
Ha noi, Sie störed doch net!
Glei kommt d "Lindestraß",
des lenkt Se a bißle ab.
Obwohl's manchmal scho au traurig isch.
Also, wo neulich des Kind gschtorbe isch,
die kloine..., na ja, Sie wisset scho, wen i moin,
Sie, da han i so heule müsse.
Die Leit sin eum doch grad wie Nachbre,
wo mr praktisch jeden Abend in ihrem Wohnzimmer
sitzt.
Isch's net so?

Sie, jetz müsset Se aber a bißle still sei,
jetz goht's nämlich los.

Geschtern isch in dr Zeitung gschtande:
"Fernsehen macht sprachlos".
Ha, so an Quatsch!
Ja, über was dädet d Leit na schwätze,
wenn Se s Fernsehe net hättet?

Mondagmorge

Mondagmorge - d übliche Hektik!

D Vesperbrot musch richte
und d Schulflasche fülle,
em Kloine fällt ei,
daß r heut a leere Kässchachtel
und Buntbabier mitbringe soll,
inzwische kocht d Milch über,
und dr Große findet seine Turnschuh net,
d Dochter braucht no dringend a Unterschrift,
und na goht em Ma an Knopf ab,
und der muß glei agnäht werde,
weil zu dere Hos bloß des Jacket baßt,
und d Hos au no wechsle,
des wär zviel verlangt.
Endlich sin alle drauße!

Jetz in Ruh a Tass Kaffee trinke,
weil selber bisch no net zum Frühstücke komme.

Da klingelt's Telefon.
D Oma fragt,
ob de ra a Brot mitbringe kannsch.
Klar kannsch,
aber d Oma will no a bißle verzähle.
Sie hat schlecht gschlofe
und isch scho lang wach.
Und weil se alloi wohnt,
hat se koin zum Schwätze.

Inzwische isch's no später,
aber was sei muß, muß sei.
S Haarwasche verschiebsch uff später
und s Aziehe au.

Jetzt erscht mal gmütlich nasitze,
d Zeitung lese und dein kalte Kaffee trinke.

Bisch no net beim Regionalteil,
da läutet's an dr Dür.
D Frau Häberle,
ob se gschwind telefoniere dürft,
ihr Telefon wär kaputt.

Des isch so an Moment,
da könntsch als Hausfrau in Erdbode versinke.

Bisch no net grichtet,
s Frühstücksgschirr stoht no uff em Disch,
im Flur lieget Schuh rum,
die dr Bua beim Suche rausgrisse hat,
dr Jüngste hat d Baddür offeglasse,
und da herrscht no s absolute Chaos.
Was wird au bloß d Frau Häberle von dr denke!

Die denkt:
Isch des gut,
daß es bei andre Leut
au net immer wie gschleckt aussieht!

Gut gmoint

Seit drei Woche lieg i in dr Klinik,
i han Schmerze und fühl mi net wohl,
aber mei Kopf funktioniert no ganz gut,
au wenn i scho über siebzig bin.

Und na kommt so a junge Schweschder rei
und sagt ganz forsch zu mir:
“Na, wie geht’s uns denn heut?”

S isch sicher gut gmoint gwese,
aber i bin mr vorkomme
wie an seniler Depp und han gsagt:
“I woiß bloß, wie’s mir goht.
Wie’s Ihne goht, müsset se scho selber wisse.”
Da war se eigschnappt!

Neulich han i in Bus eisteige welle.
S hat a bißle länger dauert
mit meim volle Eikaufswägele,
und weil halt d Füß nemme so recht wellet.

Und na sagt der Busfahrer,
wie i zahle will, zu mir:
“Na, wo willsch denn na, Oma?”

S isch sicher gut gmoint gwese,
aber i bin mr vorkomme
wie an seniler Depp und han gsagt:
“Komisch, i ka mi überhaupt net dra erinnre,
daß Sie mei Enkel sin.”
Da war r eigschnappt!

Ha, isch doch aber au wahr!
Bloß, weil de ald und krank bisch,
bisch doch no lang koi Volltrottel!

A Fahrkart nach Cannstatt

In zehn Minute fährt mei Zug -
i brauch bloß no a Fahrkart.
“Geschlossen” steht am Schalter,
und koi Mensch isch do.
Na ja, macht nix, da stoht ja so an Audomat,
mal lese, was druff stoht.

“Wählen Sie die gewünschte Zone”,
ja, was woiß denn i?
Nach Cannstatt will i halt,
mein Onkel Karle bsuche.
Was hoißt da überhaupt Zone?
I han denkt, des hättet mr hinter uns -
und in acht Minute fährt mei Zug!

“Der Preis für die 1.Klasse errechnet sich ...”,
ja, wenn er s no au däd!
Aber des därfsch na wieder selber mache,
bloß dadrzu brauchsch mindeschtens s Abitur.
Und Kloigeld hasch au nemme gnug,
und Schei nimmt der Kaschte net a -
und in sechs Minute fährt mei Zug!

Zum Glück isch jetzt dr Schalter wieder bsetzt,
nix wie num und a Fahrkart kauft!
Wie, Sie dürfet koine Fahrkarte verkaufe?

Na wechslet Se mr wenigschtens des Geld!
An Geldwechselaudomat? Da hinte?
Ja, wozu sitzed Sie na do?
Zum d Leut romscheicha, oder wie?
Ha, isch doch wahr!
Und in vier Minute fährt mei Zug!

"Geldschein einschieben, Knopf drücken",
könne vor Lache, des Scheißding klemmt!
Dr Geldschei isch weg,
und Kloigeld kommt au koins raus.
Ja Heideneih,
was mach i denn jetzt!
Und in zwoi Minute fährt mei Zug!

Also nix wie zrück zum Schalter!
Was i scho wieder will?
Immer no's Gleiche!
Und meine zehn Mark zrück!
Sie wisset nix von zehn Mark?
Daß Sie nix wisset, des glaub i Ihne glatt!
Und - jetz isch mei Zug weg!

Wared des no Zeite,
wo mr's mit Mensche zum do ghet hat!

Früher und heut

**Wenn d Kinder früher oin zum Spiele gsucht hen,
hen se sich mit ihre Freund droffe,
heut stimmed se ihre Terminkalender am Telefon ab.**

**Wenn d Kinder früher Spannung gsucht hen,
hen se Karl May glese,
heut schaldet se de Fernseher ei.**

**Wenn sich d Kinder früher droffe hen,
hen se "Mensch ärgre dich nicht" gspielt,
heut hocket se zsamme vor em Computer.**

**Wenn d Kinder früher krank wared,
hat ne d Oma was vorglese,
heut höred se Märchen von dr Kasset.**

**S isch manches anders worde,
s Kindsei au!**

Bilanz

Gschafft han i heut 480 Minude,
455 Minude han i gschlofe
und ferngseh 2o9.

Im Audo gsesse bin i 84 Minude,
76 Minude lang han i gesse
und glese 31.

Gärgert han i mi 24 Minude,
18 Minude han i vertrödelt
und bruddelt 12 ahalb.

Gfreut han i mi 7 Minude,
4 Minude han i jemand globt
und glacht grad 2.

Eigentlich koi gude Bilanz,
wenn mr bedenkt,
daß mr jeden Dag bloß oimal lebe ka!

An Kunstbanaus

Dr Karle hat gsagt,
i wär an richtiger Kunstbanaus.
Vielleicht hat r ja recht.

I verstand nämlich net,
warum d Leut vor a paar Klecks nastandet
und sich vor Bewunderung net lasse können,
obwohl des net ihr dreijähriger Sohn,
sondern an dreißigjähriger 'Künstler' gmalt hat.

I verstand sowieso net,
daß oiner a paar dausend Mark für a Bild zahlt,
bei dem de net amol woisch,
wo obe und unde isch,
geschweige denn, was es darstelle soll.

I verstand au net,
warum dr 'Ma mit em Goldhelm'
plötzlich weniger wert sei soll,
bloß weil se festgstellt hen,
daß den wahrscheinlich gar net dr Rembrandt gmalt hat

I verstand scho gar net,
warum sich jemand uffregt,
daß a Butzfrau a dreckige Badwann saubergmacht hat,
bloß weil se halt au net verstande hat,
daß der Dreck a Kunstwerk sei soll.

I verstand zum Beispiel überhaupt net,
was d Leut an dem Lächle von dr Mona Lisa
so schrecklich geheimnisvoll findet,
obwohl mir des von meiner Frau
oft viel größere Rätsel uffgibt.

Und i verstand meiner Lebdag net,
warum unser Stadt zigdausend Mark Steure
für a rostige Platte vor em Rathaus ausgibt,
die außerm Pflaster s ganze Stadtbild verschandelt,
und des, wo's immer hoißt, mr müßt spare.

I glaub,
i laß mi gern an Kunstbanause schimpfe!

Heb's fescht

Hasch lang drauf gwartet,
jetz isch's endlich da,
liegt schlafend in deim Arm:
S gibt koi größers Wunder auf dr Welt -
Heb's fescht, s kommt nemme zrück!

Und später: a kleine Hand in deiner Hand,
a Briefle auf deim Kopfkisse,
schiefe Buchstabe auf zerknittertem Papier,
zwoi Ärmle, ganz fescht um dein Hals -
Heb's fescht, s kommt nemme zrück!

Dr erschte Zahn, dr erschte Schritt,
dr erschte Freund, dr erschte Schmerz,
alles geht so schnell vorbei -
Heb's fescht, s kommt nemme zrück!

Du hasch koi Zeit?
Irgendwann hasch viel Zeit,
aber - s kommt nemme zrück!

Wenn d' es aber bei Zeite feschtghobe hasch,
na isch's au später immer no da!

Wie d es machsch, isch's verkehrt

Sobald de a Kind kriegsch woisch,
daß de gar nix woisch.

"Gibsch em an Allerweltsname",
sagt dr Klaus,
"kann's koi Persönlichkeit entwickla."
"Daufsch's aber so, wie koiner hoißt",
sagt d Anne-Marie,
"isch dr Außeseiter scho vorprogrammiert."

"Gibsch dein Beruf net auf",
sagt d Tante Ute,
"na wird's a vernachlässigts Schlüsselkind".
"Wenn de aber drhoim bleibsch",
sagt d Julia,
"wird a oselbständigs Mamakind draus."

"No net glei springe, wenn's schreit",
sagt d Oma,
"na ziehsch an Tyranne groß."
"Und wenn d es schreie läsch",
sagt d Susi,
"wird's später ganz sicher an Psychopath."

Wie d es machsch, isch's verkehrt!

Hätt mr des oiner vorher gsagt,
hätt i mi uff des Abenteuer nie eiglasse.
Des gröschde Wunder aber isch,
daß aus dem Kind sogar ebbes worde isch.

Vielleicht liegt's da dra,
daß i immer gmoint han,
des, was mr mei Gfühl sagt,
ka net ganz verkehrt sei.

Bei de Viecher funktionierts
schließlich au ganz gut,
wenn mr die Sach de Mütter überläßt,
ohne daß deshalb ihre Junge glei neurotisch werdet!

Gerechtigkeit

S gibt koi Gerechtigkeit im Lebe!

Da isch oiner an Erzgauner
und wird au no reich drbei.

Da hat oiner immer gsund glebt,
und na stirbt r mit vierzig an Krebs.

Da muß oiner sei Haus verkaufe,
weil r plötzlich arbeitslos wird.

Da isch oiner an herzensguder Kerle,
und na kriegt r a Ripp zur Frau.

Da wünscht sich oine nix meh als a Kind,
und a andre läßt ihrs abtreibe.

Die Lischde könndesch endlos fortsetze.

Aber oi Gerechtigkeit gibt's doch.

S wared alle mal jung,
und s werdet alle mal ald -
es sei denn, sie sterbed vorher,
aber wer will des scho.

Au die werdet jeden Dag älder,
die heud no moined,
d Jugend mit all ihre Vorzüg
wär ihr ganz persönlichs Verdienschd.

Des isch fei gar net so oifach

Daß mir Schwoba
a Volk von Dichter, Denker und Düftler sin,
des hat sich inzwische rumgsproche.

Daß mir aber au in dr zwischemenschliche
Verständigung Beachtliches leischde,
des hat vielleicht no net jeder mitkriegt.

Aber daß mir Schwobe sparsame Leut sin,
des woiß wiederum jeder,
und weil mr nix verschwende,
verschwende mr au koine Wort.

Mir schwätzed ohne onödige Schnörkel,
so, wie uns dr Schnabel gwachse isch,
gradraus, knapp, aber treffend!

S beschde Beispiel isch des Wörtle 'fei'.

Des sin bloß drei gotzige Buchstabe,
aber jeder Schwob woiß fei genau,
was drmit gmoint isch.
'Fei' paßt fei immer,
und des will fei ebbes hoiße.
Da brauchsch fei im Hochdeutsche
mindeschdens fümf verschiedene Wörter,
um des Wörtle 'fei' immer richtig zu ersetze.
Oder wie dädsch du 'fei' übersetze?
Siehsch, des isch fei gar net so oifach!

Des isch Weihnachte!

**Durch d Stadt hetze
und in letschter Minut
Gschenke kaufe für Leut,
die sowieso scho alles hen:
Des isch net Weihnachte!**

**'Oh du fröhliche' aus em Lautprecher,
Girlande in dr Fußgängerzone,
Nikläus an alle Ecke,
lebendige und solche aus Schoklad:
Des isch net Weihnachte!**

**Werbegschenke verteile,
auf's Weihnachtsgeld warte,
nach Teneriffa fliege
und 'Oh Tannenbaum' unter Palme singe:
Des isch net Weihnachte!**

**Aber wenn's im ganze Haus schmeckt,
nach Zimt und Gutsle und ausblasene Kerze,
und wenn d Kinder Weihnachtslieder spiele,
au wenn's a bißle falsch klingt:
Des isch Weihnachte!**

Wenn in dr Kirch 'Stille Nacht' gsunge wird,
daß dr ganz feierlich zmut wird,
und wenn die erschte Schneeflocke falle,
grad wenn de aus dr Kirch kommsch:
Des isch Weihnachte!

Wenn du woisch,
daß dir's gut geht und deiner Familie au,
und wenn du na die andre net vergisch,
die s net so gut hen wie du:
Des isch Weihnachte!

Zum Neue Jahr

Mr könnt sich viel vornemme fürs Neue Jahr.

Zum Beispiel, daß mr meh Sport treibt
oder endlich mit em Rauche aufhört,
daß mr's Fotoalbum aufs Laufende bringt
und d Garasch und de Keller aufräumt,
daß mr nemme so viel schafft
und sich meh Zeit für seine Kinder nimmt.

Des alles könnt mr sich vornemme.
Aber nemme mr uns net zviel vor,
aus em meischde wird ja doch nix!

Nemme mr uns eifach bloß vor,
uns nemme über jeden Hafekäs aufzrege
und uns drfür au an Kleinigkeite z freue.
Wenn mr des ab und zu schaffe,
na hen mr scho viel gwonne!

Fortschritt

**No schneller fahre,
no komfortabler wohne,
no raffinierter koche,
no höher springe,
no meh erlebe,
no sauberer wasche,
no weiter reise,
no bequemer lebe.**

**No glücklicher sei?
No ozfriedener werde!**

Dr Bücherfreund

Wenn oiner gern liest,
erfährt r immer s Neueschde,
na hat r nie Langweil
und kommt rum in dr Welt.

Wenn oiner gern liest,
lernt r intressante Leut kenne,
erfährt, was se denket
und was se erlebt hen.

Wenn oiner gern liest,
isch r nie alloi,
na hat r immer n Freund
bei sich drhoim uff em Sofa.

Aber s isch wie bei allem im Lebe -
a Sach isch bloß na gut,
wenn mr se net übertreibt.

Deshalb sodd mr au no a paar Freund han,
die net zwische zwoi Buchdeckel passed!

Ingrid Geiger wurde 1952 in Reutlingen geboren.
Nach einem Studium an der PH Köln wird sie
Grundschullehrerin, heiratet, bekommt Kinder,
hängt den Beruf an den Nagel und lebt heute
in einer Gemeinde am Fuß der Schwäbischen Alb.
Drei Kinderbücher sind bis jetzt von ihr erschienen.
"Z'viel isch au nix" ist ihre erste Veröffentlichung
auf schwäbisch.

Inhalt Seite

**Wenn Ihnen dieses Buch gefallen hat,
lesen Sie weiter in**

Ingrid Geiger
„Des mag i"
Schwäbische Alltäglichkeiten

**gleiches Format, gleicher Preis,
aber noch schöner**